枞树枝，杉树林

蒲竹芫 著

陕西新华出版

太白文艺出版社·西安

图书在版编目（CIP）数据

枞树枝，杉树林 / 蒲竹芫著. -- 西安 ： 太白文艺
出版社，2025. 3. -- ISBN 978-7-5513-2954-5

Ⅰ．Ⅰ217.2

中国国家版本馆CIP数据核字第2025WX9701号

枞树枝，杉树林
CONGSHUZHI, SHANSHULIN

作　　者　蒲竹芫

策　　划　泥流文化传媒

责任编辑　张　笛

封面设计　白桦林

版式设计　建明文化

出版发行　太白文艺出版社

经　　销　新华书店

印　　刷　三河市华东印刷有限公司

开　　本　880mm×1230mm　1/32

字　　数　68 千字

印　　张　6.125

版　　次　2025 年 3 月第 1 版

印　　次　2025 年 3 月第 1 次印刷

书　　号　ISBN 978-7-5513-2954-5

定　　价　49.80 元

枞树枝，杉树林，
绿常驻，我心不移；

枞树枝，杉树林，
叶摇曳，余音切切。

致读者

只愿做你脚下的石头

不增加你的高度

而是夯实你走过的道路

谨以此书

献给每个追梦的人

自序

如果人生是一部戏剧

如果把人生比作一部戏剧，那么毫无疑问你就是这部剧中绝无仅有的主角，你的父母子女、兄弟姐妹以及你生命中遇到的每一个人都是里面的配角。

请记住，你有无数次修改自己剧本的机会，你有权利不需要面试，不需要竞争且不会被淘汰，你不必急于演好自己的角色，尽可以慢慢地打磨演技，因为你自始至终都是不可替代的唯一的灵魂人物。你是身兼编剧、导演、主演、配角等数职于一身的全能型英才；你是本色出演君王、乞丐、将军、士兵的卓越的演员；你是创作并演唱主题曲、插曲、片尾曲的优秀的音乐家；你是人类社会目前为止一切精妙绝伦的注解和诠释。人生的整个剧情的发展是围绕着你自己进行的，它既不仅仅是喜剧，也不全是悲剧，或者滑稽剧、诙谐剧……而是所有剧类的融合与和谐。

所以不论你是以什么样的方式演绎属于你自己的人生，你只需要牢记一点：你具有无与伦比的能力和不可推卸的责任将它完整地演下去。

做自己人生剧本的主角

一个个偶像被你推上前来
紧接着又被你轰下台去
你享受幕后操纵生死的快感
害怕主演一出属于自己的戏剧

目　录

辑二

理想篇

辑一　爱情篇

心上人

香车里坐着我的心上人

她有着令微风歆羡的声音

每当她经过我贫寒的屋舍

她的心啊，就格外地忧伤

她安静地盼着我出现

从来不愿向我吐露衷肠

她钟情于我，知道我也钟情于她

却任凭我在自卑与失落中彷徨

莫非她也在为自己的身世感到懊丧

又苦于无力忍受世俗的偏见

刮起的恶意的风暴

受外界的纷扰，她显得如此弱小

她常常站在窗台，远远地远远地凝望
那无边的天际，她梦想的国度
我仿佛看见她的脸上微微绽放笑颜
她似乎听到了永恒之音：
我爱他，他爱我，就胜过人间一切

枞树枝，杉树林

花信

花在静默中绽放

我喜颤的双手轻轻地

抚摩着它的茎叶

花蕊在温柔的怀抱微笑

我的含愁的泪

不小心滴落在花心

你尽情地吸吮着

不解我为何临阵脱逃

夏风吹拂河柳

送别了昨夜的雨

你欢曳的身影自由且奔放

我低落的情绪颓废且惆怅

花萎谢了，连同爱情
一起葬在这片土地
明年，花还会开
我的恋人何日再来

枞树枝，杉树林

离别

当我决意向这片伤心之地

道别的时候

我的爱人

我未曾看见你晶莹的眼睛里

闪烁着甜柔

当我结束最后一天的工作

与你不期而遇的时候

我的爱人

你未曾读懂我心里暗含的情意

流淌的波光

当我把连夜写好的诗篇

送到你手中的时候

我的爱人

真挚的感情需要认真对待

切莫放任自流

枞树枝，杉树林

给未完成

在希望的梦境里面，又闪现你

灵魂之歌的采集者，委身于世的天使

你清水一般玲珑、深邃的眸子

是黑暗之夜温情不灭的灯盏

就在昨天，我在你的门庭伫立

忍不住把思念之情吐露

你羞赧的脸容，恰似三月的春光

燃烧着初梦，燃烧着渴望

诗人哪，曾向月亮女神许诺

今后，不再受情感幻景迷惑

可为了你，我依然要拨动缪斯的琴弦弹唱

且比以往时候更加美妙，悠长

微启你的唇，我的天使
请轻轻地告诉我你的芳名
因为在你的众多姊妹当中
唯独你可爱如精灵

枞树枝，杉树林

假如

假如有一天，我走了
像一阵风，吹过你的生命
那么，请铭记于心吧
铭记那些牵手的美好日子！

倘若，你久久不能习惯
且无法鼓起勇气继续生活
那么，请尽快遗忘吧
遗忘那些牵手的美好日子！

愿你是灯塔

波涛起伏的海，激荡着，浪花亲吻礁石
我像一艘迷失方向的船，偏离正确的航线
姑娘啊，愿你是灯塔
今夜，容我泊上你的港湾

枞树枝，杉树林

你安静地睡了

你安静地睡了

愿你，梦里开满鲜花、欢乐、爱情

姑娘，我不忍把你惊醒

你安静地睡了

梦里开满了鲜花、欢乐、爱情

错觉

是我的多情揭开了时间的酒窖

是你的温柔盖着朦胧的面纱

恰似平静的海面猛然掀起的浪涛

向冷峻的海岸一层一层地推送

枞树枝，杉树林

亲爱的，今夜，我只属于你

亲爱的，躺在你的怀里

我感到无比幸福

亲爱的，今夜我什么都不想

今夜，我只属于你

当战争的铁蹄踏进国门的那刻起

身为男儿，我不能坐视不管

我虽然爱你，一天也不愿离开你

但是明天开始直至革命胜利

我的生命只属于我的祖国和人民

假如，我不幸牺牲在前线

使你焦急的等待化为乌有

务必告诉我远方的亲友

让他们知道：

曾经，我们多么相爱

枞树枝，杉树林

红鱼

一条鱼在海上飞翔

发白的肚皮扁扁的

它看上去饿得发慌

张口便吞下整个太阳

——胀得周身通红

于是害羞地吐出半颗金珠

藏在山峦深处的秘密宝库

天空是一条可爱的鱼

落日则是它送给黄昏

最好的礼物

寂静的山岗

五十年，一百年

你我的生命魂归黄土

寂静的山岗

清风摇曳着杉林

杉林亲吻着枞树

热恋中的情侣

争相阅读，往日

我为你写下的动人诗篇

一边欣喜，一边叹羡

恋人们捧着鲜花，手牵手

宣誓永远忠诚于爱情

在寂静的山岗

一位诗人长眠不醒

清风摇曳着杉林

杉林亲吻着枞树

无题

你来之前

夏天还是夏天

迷茫的村庄

只有蛙声与虫鸣

只有闷热的空气

和与空气一样闷热的心灵

你来以后

四季剩下春天

永远的春天

三月的桃树在开花

却不见凋零

却不见深秋

答应

神秘而慷慨的风姑娘啊

今天，我什么都不做

专门歌颂你

你体态婀娜、举止优雅、形容俊美

你神通广大、无所不能、法力无边

你声名远播、惠及四海、福荫万邦

仅用一天来称颂你是不够的

以后的每天，我都要为你高唱赞歌

请看在我虔诚的分上

答应我一个小小的要求

请一定要答应我

捎信给你远在成都的姐妹

替我拂去她悔恨的眼泪

顺便转告她

故乡的山丘

枞树如昨

杉林依旧

枞树枝，杉树林

中心

你站着一动不动

身体发出原始的魅力

我愉快地被你吸引

以一种芭蕾舞的优雅姿势

在蓝色的剧院，悄悄抵达你

狂欢结束，幕布落下

黑洞般深不见底的深渊

使我无法与你亲近

我们之间隔着河流

河流里有无数的恒星

世间的万物

以我为中心旋转

作为中心的我

以你为中心旋转

你给人类送去光明

却把黑暗归还给我

枞树枝，杉树林

变化

变化的是雄鸡啼鸣后长久的沉默

是行人路过引起的阵阵犬吠

是初升的旭日不情愿地伸着懒腰

是自由翻飞于空中的鸟儿的欢歌

是雾霭散去后树叶上凝结的露水

是独自开放田埂的不知名的花朵

是池塘里鱼儿争相抢食的浮萍

是田野排列整齐的褐色发须的玉米

是农夫精心呵护的硕果累累的菜园

是菜园旁边不知疲倦的淙淙流水

是时常令我陷入沉思的万物之谜

是转瞬即逝的不可挽留的爱之蜜语

是的，亲爱的，变化的是此在之所有

是即将到来的朗朗晴天

两端

春风吹红了你

也吹绿了我

你在左边，我在右边

我们在路的两端

你有你的万紫千红

我有我的枝叶葱茏

枞树枝，杉树林

在我眼里，你即世界

在山的眼里

树木很小

在海的眼里

陆地很小

在天的眼里

地球很小

在历史里面

我俩很小

我疑惑：

为何在我眼里

你充满了世界？

故事

你
是否见过这样一位女子
她的出身如南红般高贵
她的举止似翡翠般端庄
她的音色若白玉般绵长

她是你学习的指路明灯
你努力进取的精神力量
同时也是你痛苦的根源
你触不可及的日月星辰

你对课堂求学感到倦怠
自觉无法追上她的脚步

故而试图通过其他途径
以缩短你和她间的差距

你终于找到自己的道路
于是马不停蹄昼夜奔赴
她向你投以赞赏的目光
鼓励你把文字变成铅字

你一度中断谋生的工作
欲全身心投入文学创作
她耐心教导你热爱生活
只是当时的你不置可否

怯懦如你早早娶妻生子
她亦觅得情郎嫁作人妇
此后多少年你筹备出书
她拿出为你保存的稿纸

七夕

应该对今日有所表示

毕竟时光流转，逝而不居

应该对此刻赋以笔墨

毕竟烛花相映，馨香四溢

天上皓月高悬，地上娇妻含羞

良辰美景不可虚度

珍馐佳酿不可辜负

枞树枝，杉树林

致妻子

生命，我向你起誓

这一生永远忠诚婚姻

我可爱的妻子

该怎么形容你呢

你是长在深渊边缘的藤蔓

热烈而大胆

我借此得以攀缘上升

重见天日

我是暴君、欲望、理想

你是生活、责任、意义

辑二　理想篇

消失的白日

白日在忙碌的工作中消失

随着最后一抹羞涩的阳光

在远山的环抱中恬息

夜在黑暗的伪装下

赤裸着喘息

让俘获的新生的仁慈的光明

来我的窗前欢舞吧

这阴沉窒息的夜里

我得不到片刻的安宁

孤独的气味笼罩

在我狭窄的潮湿的房间

的每个角落

离别的阴影涌上心头

潮水般汹涌

我得到我想失去的东西

我失去我想得到的东西

让俘获的新生的仁慈的光明

来我的窗前欢舞吧

秋天忧郁，灯光憔悴

我的饱含药水的双眼

不住遥望长夜

瞳眸里积聚的强光

欲刺穿黑夜的魔掌

让俘获的新生的仁慈的光明

来我的窗前欢舞吧

枞树枝，杉树林

望见

是不复存在的幻想
改变着我们的信仰
是心灵深处的需求
支配我们不倦的脚步

展望未来，我们有着共同的憧憬
渴望挖掘内在的潜能升华价值
我们不断努力，寻求新的路径
只为到了晚年，不再悔恨

我们怀念过去，绚烂的童年
凄美的初恋，仿佛是昨天
飞逝的光华倾泻道道金光

串串笑语在胸臆间回荡

我们一出生，生命就赋予我们

智慧及超越一切的能力

同时，也赋予我们

思想的本质

枞树枝，杉树林

睡美人

酣甜的夜，酣甜的美人
复古的镜框镶嵌了唯美的画卷
扩张的胸脯，花香的呼吸
仙女峰上袅起缕缕紫烟

我得撂下手中活计，花生命中一半
时间欣赏，赞叹。无与伦比的作品
斜卧在夜幕。典雅的线条
丰腴的色彩，我沉迷其中，终日难眠

我得准备好足够的食粮，花余下的一半
时间探索，追求。我要做个寻宝人
穿行在幽林，听鸟的啁啾

看雾的变化，遨游其中，流连忘返

我一生的精力都在你的美中耗尽

形体的机能已行将枯槁

美人，只需你蜻蜓点水的一吻

我便即刻含笑九泉

枞树枝，杉树林

希望

是你的生命的音乐

使我从深愁的桎梏中解放出来

这天外之音的奇妙的韵律

如同一位含羞的天使

在中夜的静寂中

轻叩我无眠的梦

风惊起，水波欢笑

我心因着你震撼的节奏不停抖颤

我的沉睡的灵感受你的召唤

接受了光明的洗礼

贪婪地呼吸着新鲜的自由的空气

我倾听你的脚步声

觅寻你神奇的秘密之处

当我临近你的时候

你却消隐在天边

这诗歌的赋予者

幽暗人生的希望之神

让我虔诚的谦卑的翩婉的歌

与你产生共鸣吧

枞树枝，杉树林

一条河的忧伤

昨天，我是一条温柔的溪流

像彩带，潜行漫游在群山之间

我映衬着大山的庄严

大山畅谈着我的柔情

我所流经之处

万物无不展露笑颜

白日，我如脱缰的野马

奋力奔驰在田野中间

花草闻之翩跹起舞

稻穗见之点头摇摆

妇女们三五成群，头披丝巾

在我怀里将脏衣涤洗

打衣声和水中孩童的戏耍声

连成一片，传遍诸天

夜晚，我似待闺的少女

月光的和蔼，星斗的光辉

清风的妩媚，灯光下的合家欢

无一不使我心情舒畅、快慰

席地而坐的情侣，诉说着离别的思念

这是谁屋的姑娘，生得如此美丽

那是谁家的青年，有张俊俏的脸

时至今日，我患病了

时而愤怒，时而消沉

种种秽物滋长在体内

玷污了我的容貌

丑化了我的思想

可惜唉，自打我成了现在这个样子
我就再也没有看到饮水归栏的牛羊
再也听不到洗衣妇的说笑声
孩童的拍水声和情人的密语声

我渴望明天，明天离我有多远？
我能否回到从前，得到我想
要得到的一切？以清白之躯
站在圣洁的自然之母面前

来吧，勇往直前吧

来吧，我的心知，勇往直前吧

不必惧怕道路险阻艰难

不必理会恶毒的目光与骂言

只要信念满怀，不懈坚持

征途中的疲倦会化为无上的欢乐

唱吧，我志同道合的朋友

我们都是有使命的人

都是为明日世界努力奋斗的人

我们强烈感到无知、盲从、恐慌

但从不停止探索更宽广的天空

若是有人向你问起生命的真谛是什么

请语重心长地告诉他（她）

生命是一种追求，不求报偿

却甘愿把鲜血洒在行进的路上

朝圣

我这样爱你

像星辰照亮冷酷的黑夜

你的心乃钢石铸造

坚硬无比，光和热

丝毫不改其本色

我这样爱你

像个虔诚的香客

因为期望幸福的恩泽

山高路远，不畏艰险

追觅你虚幻缥缈的足迹

我这样爱你

永远不求回报

无论过去、现在、将来

我都这样爱你

向着最广阔的大海航行

兄弟，是时候启程了

别再昏睡，别再耽于梦幻

希望之舟已经停在岸边

趁现在还来得及

利索些，赶快扬帆启航

可是，我们在窄狭的陆地待得太久

由于懒惰，疏于实践

我们的手脚被怯懦绑缚

胆小如鼠的我们哟

急需一位伟大的舵手

我们将追随古人，周游列国

了解异域风貌，收集逸事奇闻

满载象牙、麝香、丝绸、琥珀

交换诗歌、音乐、戏剧、建筑

我们非常富有又如此贫穷

我们这些要求真实的人

誓要与二元论者抗争到底

在它的役使下，自由成为空谈

生命沦为机器——

一台快速运转的赚钱机器

够了，兄弟

这里的空气令人窒息

这里的生活沉闷乏味

这里的人们麻木无情

让我们即刻出发吧

向着最广阔的大海航行

致老鹰

一只老鹰死了

有三个目击者参与了抢夺尸体的战争

蚂蚁身形小，只扛走了羽毛

光荣的战利品可以装饰巢穴

提高威望，震慑同行

苍蝇贪婪地吸食着偶像的鲜血

庆幸自己找到一处绝妙的繁衍场所

它的子嗣将在这里完成质的飞跃

乌鸦姗姗来迟，带着仇恨

冷蔑地看着这个可怕的对手

锋利的喙，一刀一刀

报复昔日受到的耻辱

伟大的老鹰至死也没有想到

腐烂的尸身成为蛆虫们的饕餮盛宴

枞树枝，杉树林

买卖

商人说

所有东西都有价格

比如动物、植物、矿物

比如音乐、诗歌、绘画

比如陆地、海洋、岛屿

世界是个巨大的商埠

人是其中的一种货物

相信

我始终相信

真正的英雄不会死亡

不会把宗庙、陵园、纪念馆

当成理想的栖身之所

我始终相信

那些消失的精灵

会再次在人们的心中复活

然后重新树起不朽的丰碑

枞树枝，杉树林

一个老人

他白发苍苍，老态龙钟

尽管四肢僵硬

但精神格外矍铄

这个可怜的老人

因为保卫自己的家园

在与一帮穷凶极恶的强盗的

激烈对抗中落入下风

被迫低声下气，忍辱偷生

他的不肖子孙闻知此事

受不了这等奇耻大辱

一致认定，他落后的思想

才是导致当日失败之原因

寒冷的冬天

我听见一个低声啜泣的声音

——来自杂草丛生的坟墓里面

枞树枝，杉树林

就此刻，别等明天

就此刻，别等明天

你这狡猾的蜘蛛

老是守着阴暗的角落

编织幻想之网

随后，悠闲地

等待猎物送上门

事情可不会如你所愿

它总是在确信中出乎意料

解决问题的方法是

你必须身体力行，拨开迷雾

真相才会得以显露

纵然思想的翅膀扇动千次

你若不肯走出一步

也是白搭

观念

树上结满果实

可是，每一颗果实

都渴望

落入我的怀里

都渴望

被我珍视、咀嚼

都渴望

经由我的脑、唇、舌

向更多人证明

它的正确与深刻

枞树枝，
杉树林

美丽的衣裳

在战火纷飞的巴勒斯坦、利比亚、叙利亚……

在塌陷的街道、被摧毁的教堂

在夷为平地的大厦、倾覆的医院

在支离破碎的学校、消失的家园

在男人仇恨的眼里、女人绝望的脸上

在儿童哭泣的心灵

在四处流浪的乞讨者眼前

文明脱下她美丽的衣裳

露出了本来面目

夜色

朋友，干杯

为逝去的光景

为铭心刻骨的初恋

为忽隐忽现的梦境

我们拥抱、分别

没人说再见

今晚的夜色，醉意朦胧

明月藏在云端

枞树枝，杉树林

感官的囚徒

严格按照感官的指令生活
这金科玉律不容诸位置疑
听从它的吩咐，奔赴它的召唤
谁反对，谁就是傻子

它喜欢什么，我们就制造什么
衣食住行，服务周到
它若囊中羞涩，我们就拼命工作
哪怕预支未来也无关紧要

如果有人说，我们是物质的囚徒
除了沉重的镣铐，一无所有
那他一定是头昏脑涨

如果有人胆敢以身试法
那他绝对不会有好下场

至于精神，在城市没有户籍
道德是个颠沛流离的难民

枞树枝，杉树林

我的世界是模糊的

与你们的高瞻远瞩不同

我只对眼前的事物情有独钟

目光长远固然十分美好

脚踏实地才是生存之道

我的世界是模糊的

美与丑、善与恶之间

没有清晰、明朗的界限

正因为如此

我得以勇敢地活着

并且满怀热忱地深信

生命可爱，人间温馨

嘹亮的号角

森林里又响起嘹亮的号角

我知道那是英雄的人民

冲锋陷阵的信号

快看啊，战士

从千山万水中涌来

从残砖败瓦中涌来

从枪林弹雨中涌来

我无意成为先锋

抢先攫取胜利的勋章

我只是个追随者

欲留住即将消失的曙光

给这个世界上的每个人

朋友，不论你来自哪里

你的肤色是什么颜色

你说着什么样的语言

我们之间有一点是相同的

即我们都是真实的人

与历史上任何时期的人一样

热血沸腾又朝气蓬勃

朋友，如果此刻你一脸忧伤

眼里噙满痛苦的泪水

不妨且听我一言

野蛮些，再野蛮些

用原生之矛戳穿"道德"之盾

我宁愿在一个人人为人

的社会里沉默地死亡

也不愿在马戏团

从事驯兽师的行当

枞树枝，杉树林

决定

我决定
把白色还给白昼
把黑色还给黑夜

我决定
不在白昼寻找星辰
不在黑夜寻找太阳

我决定
简单地，轻盈地
展开翅膀，飞向远方

生命之路

昨天又弯又长

今天又弯又长

明天呢?

像我遥不可及的梦

又弯又长

枞树枝，杉树林

盆栽植物

你以为天空是雪白的屋顶

你以为太阳是橘黄的灯光

你以为大地是窄狭的墙角

你以为自由是富丽的厅堂

城市封存了你的记忆

你封存了自己的梦想

你是世上最美的景色

你无须到外面去寻觅风景

自己就是世上最美的仙境

你亦无须到别处去探究秘密

内心就是此间最大的奥秘

你的内心是天底下最牢固的锁

自己是打开这把锁唯一的钥匙

枞树枝，杉树林

珍珠

柔软的温床包裹着彩色结晶

孕育闪电的地方必是乌云密布

是疼痛催生了无垠宇宙

若不是胸怀希望

我不会一往情深

若不是践行至此

我们又岂会相见?

我的生命是美的祭坛

装点了神庙

看老了容颜

祖国颂

你是谁,

为何给我骄傲?

为何给我忧愁?

你究竟是谁?

让我甘愿舍弃生命

这,仅有一次的生命

你有一个光辉不朽的名字

叫作中国

枞树枝,杉树林

让自己走出去

打开窗户

让风跑进来

屋内空气混浊

使人心情抑郁

大门也打开

让自己走出去

看看田野、山林

河流、小溪

用什么方式

迎接我的到来？

每一日都是新鲜的

想不出

索性不写罢

何苦枯坐家中

浪费光阴

徒然任思想和经验

搅得书房烟雾弥漫

每一日都是新鲜的

此刻我就要自由

关心亲人问候朋友

再到外面去走走

我可不是奴隶

就算伟大如理想

也休想把我捆绑

当作献祭的对象

真理

告诉我

是什么使你举起尖刀

在众目睽睽之下杀死自己

是什么使你出卖灵魂

换取贪图享乐的年轻身体

是不是濒临死亡的恐惧

使你放弃了崇高的事业

譬如浮士德与魔鬼签订的契约

他把永恒的真理当成筹码

用来兑现稍纵即逝的青春

枞树枝，杉树林

母亲的眼泪

荒废的矿井

里面蓄满污水

幽暗的隧道

曾经挖掘出黑金

像极了母亲的眼睛

那个不争气的儿子

她一想起

泪水就流个不停

生命之歌

一个人来到世界
总是有话要说的
或婉转悠扬
或高亢激烈

一个人来到世界
总是有事要做的
或平凡卑鄙
或伟大高尚

一个人来到世界
总是要离开的

枞树枝，
杉树林

078

或骤然急促

或平和安静

白昼在我身上经历的

我将毫不保留地告诉你

黑夜在我梦里启示的

我将深情款款地告诉你

我将告诉你这个世界

我所知道的一切

他的阴谋与诡计

我的希望与曙光

怀疑

我怀疑

一条路的宽度

一个梦的长度

一个生命的深度

我怀疑

一座山的高度

一个意志的强度

一个信念的韧度

我怀疑

实验、成果、进步

枞树枝，杉树林

不过是永恒之手

——弃掷无用的玩物

我怀疑的，审慎对之

我厌恶的，避而远之

我信任的，誓不更之

我追求的，永不懈之

雪

今夜天下白

同此榻

共一棉（眠）

枞树枝，杉树林

为什么

为什么春天来了

我感觉不到温暖？

为什么花儿落了

树上没长果实？

为什么孩子哭了

大人没给他玩具？

幸福属于别人

不属于我

我属于大地

大地属于永恒

永恒如天上的繁星

攀登

历尽曲折，终于抵达一处高地
我刚打算坐下来歇息
蓦地，一个古老的声音对我说
此处猛兽横行，专吃人
猎户的枪在废弃的库房
早已锈迹斑斑

于是，我备足水和干粮
朝着山顶继续攀登

枞树枝，杉树林

回归

再见了，华盛顿

再见了，密西西比河

再见了，自由女神像

你高举的火炬虽然璀璨

但是容易使人目眩神迷

既不能驱散现时的阴霾

又不能照亮未来的坦途

久违了！九州

久违了！黄河

久违了！英雄纪念碑

昔日的盟誓言犹在耳

时时刻刻在心中回响

我是嫡子一头扎进母亲怀抱

血液昭示五千年文明的辉煌

枞树枝，杉树林

我能给你什么

我能给你什么，母亲
给你夕阳下的清波
泛着金色光泽的暮年

我能给你什么，父亲
给你破碎的玻璃
力证完整的赤诚丹心

我能给你什么，妻子
给你忠贞的指环
爱与泪水浇灌的花园

我能给你什么，儿子

给你飘扬的旗帜

被理想痛吻过的生活

枞树枝，杉树林

热恋

一定是黑夜母亲对太阳管教严格

才不允许她晚上出来跟大地见面

一定是她为瞒过母亲的眼睛

不惜把自己打扮成月亮的模样

标准

将稍长的青草割掉

把冒尖的树枝剪断

一切都要统一

合乎体系与规范

城市的草木

遵循固定的生长愿望

许久不见的园丁

经常出现在它的梦乡

枞树枝，杉树林

碎梦

寓所对面，遗弃的建筑

空荡荡的房子如巨大的墓碑

埋葬了多少负重者的碎梦

每天，我抬头看它，它低头看我

当我看它时

它是否懂我的悲伤

当它看我时

透过一千双空洞的眼睛

我恍惚置身于满天繁星之下

万家灯火之中

淤泥

花儿谢了又开

开了又谢

我六月乘兴而来

九月败兴而归

游人只道莲花品行高洁

错把淤泥的情深意切

——当成污秽

枞树枝，杉树林

寂寥无声

和今夜的月色一同寂寞的
还有寥落的星斗
黢黑的天幕

和消失的人面一同无声的
还有弯曲的炊烟
人间的悲欢

云雀不耐烦地叫了一天

在我家门前的桂花树上
在桂花树稠密的枝叶间
云雀不耐烦地叫了一天
我也不耐烦地听了一天

它们有时飞去野外觅食
有时又优雅地冲入云霄
它们筑巢、安居，欢天喜地
而我沉默、无言，心如止水

俯视

老人常说：生命不会消亡

而是变成了天上的星星

俯视大地

夤夜，心绪澎湃，万物入梦

我举目望着天空，群星闪耀

那里没有马蹄声碎、刀光剑影

那里枭雄不再逐鹿于古老的猎场

那里父辈的荣光、热切的目光

不再数落不务正业的我

若干年后，我也会变成星星

以同样的方式

俯视着我的子孙

在我深深眷恋的大地

完成祖辈未竟之业

参赛选手

古旧的跑道上

三个现代人在比赛

第一个人在前头

他不时往后看

生怕有人追上来

第二个人在中间

他不仅担心被人赶上

还想超过比他快的人

第三个人在末尾

他为缩小差距、避免被淘汰

奋力追逐领先自己的人

……

枞树枝，杉树林

赛场

没完没了的竞争

何日才能终止？

倦态毕露的选手

何时得到休息？

场下的观众

大声呐喊助威，暗暗较量

仿佛在另一个赛场

看见奋力追赶的自己

精密的模具

要想把一块原矿冶炼成钢铁

只需经过上千度高温的烘烤

要想把提纯的钢铁加工成零件

只需借助车、铣、磨等机械

要想检查零件的尺寸是否达标

只需使用卡尺、百分表来测量

要想把散乱的部件组装成整体

只需聪明的头脑和灵巧的手

要想让设计的愿景变为现实

只需依靠数万吨力的冲压

要想提高效益、批量生产

只需维护模具运转正常

如有次品出现

经鉴定，是人为操作不当

枞树枝，杉树林

圆圈与此在

你不妨大胆点

跳出来吧

跳出那个

制造恐慌的圆圈

现在正当时

不早也不晚

仔细想想吧

你得到的并未递减

背离它吧

转过身去

赛场正举行比赛

而你只关注此在

遗忘的悲歌

叶之凋敝非秋之冷酷，乃树之无为

树不会因秋天而哀鸣

相反，它会感谢秋天

帮忙卸下一身的负担

以迎候来年的春天

落叶则不同

秋天意味着死亡

枞树枝，杉树林

启明星升起了

五千年过去了

如果今天只是昨天错误的重复

那么，今天的意义是什么

我们存在的目的是什么

谁又甘心任生命虚掷

于历史的长河

而溅不起一丁点喜悦的浪花

以证明此在之幸福

谁又敢于大声向宿命说"不"

敢于接续时代之力

敢于正视古人殷切之目光

今民期盼之宏愿

将遗忘之锁砸碎于永恒之石上

——若启明星升起了

——黎明还会远吗

枞树枝，杉树林

我为什么要写诗

天未亮

上学堂

沉重的知识

压弯脊梁

今天是谁迟到

谁考试得到表扬

受到鞭打

谁在路上徘徊

不敢回家

路灯骤灭

烛影乱晃

有人在街边买醉

酒瓶咣当

喧哗声此起彼伏

听仔细

谁在唱悲伤的歌曲

谁在角落哭泣

鼓吹竞争

酿造蜂蜜

谁将之装点门楣

白露为霜

已是萧瑟之秋

我为什么要写诗?

枞树枝，
杉树林

104

宠儿

并非每株草都向往草原

并非每株草都要有花的丰姿、树的伟岸

用花树的标准评价草是一种邪恶

用草的标准评价花树同样如此

花草树木理应尽得其所，各得其乐

须知它们都是宠儿而非弃子

像植物那样生活

相比动物无休止的喧闹

你追我赶的陈腐陋习

我更爱植物淡泊名利的静谧

植物自成一体，卓然而立

我爱它的习性、品格、睿智

爱乔木的谦逊、灌木的从容

藤类的豁达、蕨类的坚强……

真梦想有一天

我们能像植物那样生活

拥有独立的根系

强壮的茎块

自由的叶子

枞树枝，杉树林

希望的花蕾

丰硕的果实

永恒的种子

太阳的一生

我的具有太阳属性的朋友

你为什么郁郁寡欢、眉头紧锁

你那双亮如点漆的眼睛

为什么悄悄蒙尘、光芒不再

你想妥协、遁逃

任由事态变得糟糕？

做个不问世事的隐士

或者寄情山水的诗人

你忘记你的使命了？

——那根植于你灵魂深处的愿望

朋友，你的一生是太阳的一生

太阳者，你几时见过它拒绝发光发热

拒绝奉献光明给晴朗的天空

而屈服于永恒的黑夜

别忘了，即便是它在照亮地球这一半

的同时也惦记着为另一半

送去一个月亮

春天

春天，我是一粒裸露的种子

风神将之埋在永恒土壤中

我枕着黑暗睡在大地之心

我不眠不休，似情窦初开的少女

我不安、躁动，渴望太阳的爱抚

见此情景，大地之神顿生怜悯，用近似于慈父般的语气对我说："你只有依靠泥土的供养和时日的煎熬，才能重获自由，摆脱黑暗。你只有把供养当作恩惠，视煎熬为考验时，你坚硬的外壳才会碎裂，你心中的芽才会破土而出，你灵魂的根才会扎入更深处。"

夏天

夏天，我是成熟枝头上的果实

金色衣褶里的洁白躯体

我孤傲，不愿拘于泥中

我叛逆，不肯跟随风的行踪

我陶醉在巨大的狂喜自满之中

不知何时，我被一阵剧烈的疼痛惊醒。只见，一劳作
者满怀热情，手持镰刀熟练地将我刈割，我凌乱地散落在
地上。

大地之神用他电闪雷鸣般的话语对我说：

"谁若脱离土壤，必将枯死、风干

谁若不追从风的方向，必将萎缩、僵固

你是农民额上的一滴汗，唇边的一丝笑意

你是饥饿者的梦幻物，神龛前的祭祀品

你原本是荆棘丛中的野生之物，专供智慧的人们采摘，经过他们长期精心的培养，以及你自身不断努力地进化，才形成了现在的你。难道，你不应该成为他们填充饥肠的食粮吗？"

听罢，我全身抖颤，并以奉献自己作为一种荣耀！

我与大地同歌，歌声中充满了对劳作者的赞美和敬爱之情。

枞树枝，杉树林

秋天

秋天，我是从坚韧树枝上凋逝的落叶

时光之神宣布我生命的终结

我摇摇欲坠，怎堪与白日告别？

我体态轻盈，随风摇曳舞动

我面色暗淡，黑夜亦如此

大地之神用他那深邃而富有哲理的言辞对我说：

唯有口舌干燥者，才能找到清澈水源

唯有身轻者，才能与大自然亲密交谈

唯有因爱苍白者，才能目睹天使的春颜之光

你是书香里珍藏着的甜蜜回忆

你是情人梦中的呢喃曲

当夜阑人静

纤柔细指把你触摸

任你撩拨她羞涩的心弦

任你开启她紧闭的双唇

自吐爱情秘密

你是狭窄溪流中的一片落叶

你是无垠海面上的一面风帆

当乌云遮天

你与暴风合而为一

携带着梦想、希冀

汇入小溪，奔向大海

随即，我飘落在大地的胸膛，深情地亲吻、拥抱大地

枞树枝，杉树林

昨天　今天　明天

昨天是什么？今天呢？明天又是什么？

有一天，我冥思着，不知不觉来到一林荫处。见一对情侣在倾心交谈。我走过去问道："热恋中的天使啊，关于昨天、今天、明天，你们有什么看法？"他们相视一笑，心有灵犀地说：

"昨天，我们形同陌路，互不相识；

今天，我们拥抱爱情，形影不离；

明天，我们将手牵手、心连心地步入婚姻的神圣殿堂。"

我告别了情侣，便继续向前走，脑海中呈现出刚才谈话的那一幕。一农夫正在田里劳作，葱绿的碧波在太阳下翻滚起伏。我问道："衣食的父母啊，您对于昨天、今天、明天，有何见解？他用手抹了一下额上的汗水，憨笑着说：

　　"昨天，这里是一块荒地，杂草丛生；

　　今天，我辛勤开垦、默默耕耘；

　　明天，我将看到低垂的枝头挂满沉甸甸的黄金。"

　　我跟农夫道别，便马不停蹄地往回走，倏地，一阵清脆响亮的读书声止住了我的脚步。于是，我又向教师讨教："智慧的传递者啊，您对昨天、今天、明天，有何高论？"他用充满自信的目光注视着我，不假思索地说：

　　"昨天，我是他们中的一员，孜孜学习；

　　今天，我站在讲台上，把知识传播；

　　明天，他们将像苍鹰一样，在蓝天下展翅高飞。"

　　离开时，天已垂暮，望着远处逐渐消逝的日光，我脱口吟出：

　　"昨天是情侣感情的一次波动、农夫田里的一枚种子、教师记忆中的一个片段；

　　今天是情侣心灵的一阵战栗、农夫手中的一串稻穗、教师授受中的　丝喜悦；

　　明天是情侣眼睛里幸福生活的结晶、农夫欢宴上的圣餐、教师希望中的一缕曙光。"

旅行者之歌

为了进行一次旅行，我要摆脱掉束缚自由的工作，

为了进行一次旅行，我要给每个关心我的人和我关心的人送去祝福。

为了进行一次旅行，我准备了一笔小小的资费，挑选了几本心爱的书籍和几个有趣的问题。

我要做个快乐的人，开始一次快乐的旅行。我要问候清晨里的第一缕阳光、乌云中的第一道闪电、平原上的第一阵微风；我要问候眼睛看见的、耳朵听见的、心灵想象到的人或事物；我要问候你并向你道别，远方的姑娘。

我会在一个天高气爽、星云密布的夜晚行动起来，那时候人们已经熟睡；我会在一处草地上坐下来，逗留片刻，面前是一条宽阔干净的河流，浪花追逐，流水欢快地歌唱："前行、前行……"

白马湖

少年又来到湖边，和往常一样，静坐在草地上。面朝着湖，双眼微闭，努力使心情平静下来。少顷，忧郁的脸上焕发出光彩。他缓缓地睁开眼，舒展歌喉，抱起心爱的管风琴，忘情地弹奏。他娴熟的手指在琴键上翩翩起舞，他深藏的哀思伴随着抑扬顿挫的歌声在大地上空飘荡！

那时候，我在这里独自歌唱

为我的心上人，梦中的天使

世上万物不解我的深情厚意

而善感人意的她能心领神会

——心上人哪，她在哪里？

天使降临，来自幻梦，容貌清秀，楚楚动人

情人哪，我日夜思念的歌手！

我在遥远的地极听到你的呼唤

枞树枝，杉树林

世人向往的荣华尊贵，为我所漠视

是你优美的琴声把我引到这里

——我来，是要与你相爱

我满心欢喜，为之雀跃，我们满山腰地奔跑，跳着、唱着、追逐着……

伟大的爱情，神也妒忌

我们活生生地被拆散

分离，像太阳和月亮

彼此再也看不到对方

——唉！我的天使化成了湖泊

蓦地，琴声戛然而止，少年轻轻地放下怀中的管风琴，向湖边走去。他来到湖边，双膝跪地，望着水中日益憔悴的脸庞，接着唱道：

日复一日，年复一年

春夏秋冬，未曾间断

歌声虽美，琴声虽妙

无人聆听，即是嘈杂

孤独死亡，后者更好

肉身腐朽，灵魂犹存

这时，神在天幕中闪现，用浩瀚如海般的声音说："这是什么？竟有着如此强大的力量！"少年意味深长地说："这便是爱，它能冲破一切阻碍，不惧强权。在它面前，任何东西都会暗淡无光！"

少年请求神将他化作白马，守候在湖旁边

神感到羞愧至极，随即消失了

枞树枝，杉树林

诗人之夜

诗人终于决定放下手中的工作，离开思想的居所，去追随心中日益强烈的神秘的召唤。他飞快地穿过喧嚣的城市和人群，径直朝大海的方向走去。

这是一片荒芜的沙滩，因为地处偏僻，少有人踏足。当诗人临近，心脏就开始剧烈跳动，呼吸也变得急促起来。他不禁加快了脚步，奔向那片大海。来到海边，他重重地跪倒在沙滩上，任凭情感恣意地奔涌、翻滚……

这时，夜已深沉，星辰褪去其光芒；这时，大海格外平静，温柔得像个女子；这时，四周一片静寂，世界睡意正浓。

诗人久久地亲吻着那片沙滩。忽地，他抬起头，那双深邃而睿智的眼睛紧紧地盯着前方的幽暗，像在寻找什么，随即又低下头，沉思起来。

一个个鲜活的印象在他的脑海里不断跳跃，他感到心灵的火山爆发出滚烫的词语岩浆，开口说道："十二年前，为了躲避父母的百般阻挠，我和她来到这里，过着与世无争的生活。白天，我们乘舟荡漾在海上。傍晚，我们躺在柔软的沙滩上，望着星空，描绘出未来的图景。那是多么美好的日子啊！是我一生中最快乐的幸福时光！"他停顿住，接着用拳头使劲捶打自己的胸膛，继续说道："我真是自私到了极点，竟然没有察觉出病痛在一点点吞噬她年轻的生命。我早该发现的，她时常眉头紧锁、欲言又止，当时我还为此怀疑过我们的爱情经不住岁月的考验。"

　　现在，同样的不幸正降临在诗人身上，但是他感到前所未有的愉悦和轻松。因为他知道，死亡对于他来说，无疑是最好的结局。

　　他用尽最后的力气对着大海深情地说道："十年了，我再次来到这里，作为爱恋者呼唤你；十年了，没有一丝风吹过我的面孔，没有一滴雨降落在我心灵的土地；十年了，作为诗人，我以给人类送去至美的音律为己任，孤独地燃烧着生命的烛火；十年了，我拒绝接受来自世间的一切赞美和荣耀的加冕；十年了，我虚弱的身体不堪重负，等待解脱。"

夜更加深沉了，然而，大海比夜深沉，诗人的愿望比大海深沉。

祝福

祝福你，大地，永远地，永远地祝福你！

一千个夜晚，我谦恭地端坐着、阅读着、学习着；

两千个小时，我认真地思考着、冥想着、笔耕着；

孤独是我的亲朋，高傲是我的挚友，叛逆是我的良师；

激情、意志、使命是我生命的桥梁和保障。

祝福你，生命，真诚地，真诚地祝福你！

痛苦哟，苦涩哟，请离开我吧！你们为何深夜来叩我门扉，扰我安宁呢？难道，你们是来提醒我、告诫我、惩罚我的吗？难道，我已把他们抛诸脑后了吗？难道，我过去不就是这样一个人吗？我在否定自己吗？抑或，我在更好地肯定自己？够了，再说便是僭越了。

一知半解者、知之甚少者——一般地说，他们大都

枞树枝，杉树林

具有极高的演讲天赋，活跃在各个领域。指手画脚、胡乱发言、装模作样是其高明标志。他们像极了沼泽地里的青蛙，不停地鼓噪；他们空洞、灰暗、晦涩；他们缺少耐心，缺乏宁静，远离智慧。

负重者、行走不便者——这是些什么样的人呢？他们渴望压力，渴望后面有人驱赶他们，渴望鞭子。否则，他们的眼光就会变得呆滞、涣散、游移，看不到希望、胜利、喜悦、价值。因此，他们无法理解蒲公英的轻盈、纯洁与飞翔。

悲观者、厌世者——这类人具备哪些特点呢？多愁善感、怨天尤人是其最显著的品质。他们患有严重的心理疾病，经常神经质，每一次抽搐、痉挛、痛苦都会给他们带来一种病态的快乐。他们总是寻找一个隐蔽的地方，以此和人划清界限。

积极者、狂妄者——此种人是真理的追随者和崇拜者。必然性、确定性、普遍性是其津津乐道、不厌其烦的口头禅；他们的接受能力、适应能力以及发达的嗅觉器官，使得他们能够快速地随着环境的变化而变化；他们豁达、开朗、乐观、勤奋、善于创新、敢于牺牲。这些冒险者、不知疲倦者、奋勇向上者。

"人活着是为了什么？"这个问题，自始至终萦绕在我的脑海里，犹如我的爱人，神秘、崇高、庄重！她不但馈赠我欢乐、灵感、荣誉、自豪，而且冷酷地让我体验颓废、挫折、失败、渺小。然而现在，她却以从未有过的清晰面貌映入我的眼帘，大有呼之欲出之感。

"为了自己！我再说一遍，是自己！"唯有如此，生命才能消除内疚、怨恨、虚无；唯有如此，生命才会显得弥足珍贵、异常美好、格外自由；唯有如此，生命才是一次壮举、一个奇迹、一个目标！

祝福你，太阳、月亮、地球、星辰；

祝福你，海洋、湖泊、河流、小溪；

祝福你，高山、丘陵、平原、洼地；

祝福你，兄弟姊妹，每个陌生的或熟悉的人；

祝福你，使者，用所有最高级的情感和这颗炽热无穷的心脏，一并祝福你。

枞树枝，杉树林

二次梦蝶

你从哪里来？你这黑白相间的梦的使者，你看见我的幸福了吗？我不知道它去了哪儿，正疯狂地满世界找它。

你这携蜜的生灵，你给我带来了什么好消息？你找到幸福了吗？你两次来到我的身旁，落在我壮硕的肩膀，是我郁悒的孤独的雄性气息招引你到这里来的吗？你围着我袅娜起舞不愿离开是想赢得我的青睐吗？体谅我因在潮湿的洞穴幽居太久，故不能在你面前表现得如春风杨柳。

我问你，太阳真的从东方升起了吗？凛冽的冬天确定不会再来吗？你默然兀立，没有作答。

我又何必揣测？

不如珍惜与你共享的喜悦时刻。

幸福地生活

当双足离开地面久了，便开始怀念陆地；

当飞行得足够远了，便急切渴望降落；

——我已经厌倦追逐幸福。

这里阳光和煦，空气清新，视野开阔，适合休养生息。我将放下舷梯，走出舱门，在此安营扎寨，款款畅饮生活的美酒。

闲暇、轻松、安全，现在全都属于我。我不再厉声责怪自己因虚耗光阴而羞愧难当；不再惶惶不可终日，因落后于人而无所适从；不再奋发图强，因扬眉吐气而热泪盈眶。我将停下寻觅的步子，等待藏匿在暗处的幸福主动现身；我将像太阳那样拥抱她，然后亲口对她说："此刻的我才真正配得上你。"

我是个顶天立地的践行者，痛饮生命琼浆的代言人，我将永远高声歌唱：

　"无物高于此在；

　无物高于生活。"

人类需要镜子

只要有人类生存的地方，其中就不乏这样一些人：他们不仅有着深沉、忧伤、锐利的目光，同时具有一颗敏感、脆弱、容易破碎的心灵。正因为如此，他们通常比那些乐观、积极、热情的人更早发现事物的危害性和敌对性；他们怀疑人类的每一次进步，总是抱着极其不信任的激情，努力去寻找"假象"背后隐藏的危机；他们有着太过丰富的情感和同情心，凭借"万物有灵论"去感受一切；他们爱自然，同样也爱每一个人，他们甚至希望人人都能拥有像他们一样高尚的悲情。他们是悲观的，但是作为镜子是不可或缺的——仅仅是一面镜子而已！

枞树枝，杉树林

作为演员的自己

　　在经历一系列的磨难与打击之后，他渐渐明白了一个道理：导致过去屡次失败的根源在于过于固执地尊重自己。他为自己的聪明机智暗暗欣喜。对他来说，这个重大的发现丝毫不亚于哥伦布发现新大陆。紧接着，他又悻悻地说："该死的东西，害我错失了许多美好的事物，要不然，我早已功成名就，声名远扬。"于是，他深思熟虑地制订出一套缜密而详细的计划，便立刻付诸行动。奇怪的是，从那以后，他无论做什么事情都得心应手，在任何场合都能应付裕如。他的事业如日中天，他实现了人生理想。最后，他不无感慨地说："人生就是一部戏剧，我们所能做的，就是扮演好自己的角色。"

审美的降低

　　一个人审美趣味的降低不外乎两种情形。其一，思想、激情、力量的锐减与退化，使其不得不做出避重就轻的抉择，把目光投向那些简单的、轻易的、不太劳心费神的事物上，而此类事物正是他过去大为反感，甚至鄙夷不屑的；其二，思想、激情、力量达到饱和，甚至呈现漫溢的状态，由此对自身产生深深的厌倦与蔑视。这时候，他迫切需要一种新鲜的空气，一种似曾熟悉却陌生已久的空气，一种对一切事物进行改造和创新的强烈欲望和决心。就这样，他以一个救世主的形象来到事物中间。

何谓兴趣

我们在最初开始接触某物时（出于爱、好奇、野心、渴慕、崇敬等等），兴趣并未介入，而是像一位情人一样羞涩地藏在事物的外面。当我们充满热忱地怀揣虔诚之心去寻觅，它的真面目才显露出来。我们所谓的兴趣，是以行为为前提，以快乐来维持和补充的——我们不会对一事无成的事物产生兴趣。

每一次小小的进步、成功、胜利、超越，所带给我们的亢奋、狂喜、激动、骄傲的快感，无一不在为行为打上存在的烙印，并且诱使我们克服困难，不畏艰险，勇于挑战。正是基于这种不断地占有、征服、驾驭，不断地膨胀、显著的欲望本能，日新月异的良好的自我感觉使我们陷入错觉：我即物，物即我，二者不可分离。

某人说，我的兴趣在这里，即是说他唯有在此处才能充分体现个人的存在价值和意义。

牛

栏里的牛垂垂老矣，无力地趴伏在空槽，眼神迷离，充满忧虑。主人不见多日，大半是发生了变故。它本能地想跳出去，那门只有一尺来高，忽忆起主人的绳鞭，忙又缩了回来。天气实在太冷了，它蜷缩成团，冻得瑟瑟发抖。为了生存下去，它不得不将吃进胃里的食物反回到口腔，细细地咀嚼着残渣。当得知主人患病死了，绝望中，它缓缓闭上眼睛。

后来，主人的子女遵照父亲生前的遗愿，感恩牛的勤劳和忠诚，以人的规格将它葬在主人旁边。

枞树枝，杉树林

感动自己

一个人在饥饿的时候，通常会对外界的事物缺乏一定的审美。首要的是填饱肚子再说。人类对生存的重视程度远远超过对审美的重视程度！就眼前而言，这样做确实使他摆脱了当时面临的困境。但是如果从长远来考量的话，他无疑使自己堕入了一个温柔的陷阱。因为未加审视的事物虽然能够使人饱腹，但是也容易败坏人的肠胃。尤其当他选择的事物发挥出某种突出而令人愉悦的功效，即快速且有效地解决饥饿，他便会对自己以前用生命坚守和捍卫的信仰产生深刻的怀疑，并将今日之现状完全归咎于昨日之操守，继而与之分道扬镳！人最大的优点在于为了说服自己、感动自己、美化自己，而把那些自己很难做、不敢做、不想做的事情说成是不存在的事情！

勇敢地生活

　　当今社会各种偶然性、不确定性、突发性盘踞其中，瞬息万变。生命何其脆弱，稍有不慎便戛然而止。面对这种情形，即使信念最坚定的人也会在某一时刻为之动容、叹息不已。因为生命只有一次，"只有一次"便是对生命最好的诠释和最高的赞美。因此，"某人牺牲在路上"这句话本身就已经包含了一种认可和褒奖。要知道，一个人能够在短暂的一生中矢志不渝地对某个事物不懈追求，这是多么难能可贵的精神啊！生命的意义正在于此，即把人生的偶然性、不确定性、突发性用力量之手铭刻在必然性、确定性、了然性之存在之青铜上。勇敢地生活吧，虽然生命之树识早会夭折，但是请你务必在你的有生之年辛勤浇灌这棵树上开出的骄傲之花！因为，除此之外，我们别无良法。

撒谎的人

人在无法解决某个难题时，通常会虚构一个似是而非且无懈可击的理由。为了使别人相信他不是因为无能而放弃或者退缩了，他往往会披上情感的外衣加以掩饰。这招屡试不爽，他不仅没有因为自己的怯懦而遭到大家的冷落和嘲笑，相反凭借一个勇敢的先行者的姿态而受到人们的一致尊重和称赞。

觉醒的悲观者

　　悲观是觉醒的前兆，是个体在若干现象违背自己意愿且暂时无力挽救时产生出来的一种精神上的消极抵抗，是个体为了保护自己避免再次受到伤害甚至堕入生命危险的一种求生本能。一时的悲观并不可怕，可怕的是自此一蹶不振地沉溺于精神上的自我消耗，从而否定了行动的治愈能力。

枞树枝，杉树林

眼睛近视的后果

在事情无足轻重时，我们大概率会任其自由发展；一旦我们足够重视，就立马手忙脚乱地想方设法去补救。为了掩盖我们缺乏长远的目光和深刻的思想这一事实，我们不无搪塞地为自己辩护道：问题只有在露出全貌时，才能对症治疗，彻底解决。是的，我们习惯于在小事上委曲求全，在大事上追根溯源。

理想来自生活，服务生活

狭隘的理想主义者最擅长的事情是将人类的幸福投掷到一个遥远的未来，从而逼迫人们为之不断劳动、努力工作，却无视现实情况。这是一种极其不负责任的愚蠢行为，狭隘的理想主义者必将为此付出沉重的代价！明智的做法是从容不迫地、镇定自若地、不急不躁地朝着目标前进，在现实生活中活出朝气，活出生机，活出甜蜜来。

枞树枝，
杉树林

向古人学习

我们在很短的时间内便跨越了上下五千年，我们学得如此之多，消化得却如此之少。作为中国人，我们对自己的文化知之甚少。我们不理解古文的博大精深，我们甚至未曾阅读过古人那些富有智慧的作品，便不分青红皂白地加以否定。我们是粗糙的、拙劣的、浅薄的。我们这些自负的现代人，应该多向古人学习如何读、说、写；应该放慢我们的脚步；应该把投向未来的目光转向现在；应该切身感受愚公的精神；应该磨炼出善于咀嚼的牙齿、强健的消化系统，以便能够更好地应对未来！

悲壮的哀鸣

　　一个人在其晚年通常会陷入一种与年轻时判若两人的癫狂状态。时间的流逝使他感到死神的逼近，为此他一改平日里宁静温和的状态，换之以一种不惜一切代价奋力一击的必然决心。见此情景，即便再铁石心肠的人也会肃然起敬。

　　是的，这是他最后一次发出自己的声音，这是他最后一次表明自己的态度，这是他最后一次为自己的目标而努力。

枞树枝，杉树林

没有完美的作品

当我经过长时间的苦思冥想完成一个作品时,我的内心是愉悦的。奇怪的是,还未等我陶醉其中,这种愉悦感就很快被一种更为强烈的厌恶感所取代。当我再重新审视这个作品,才发现它并不那么完美,甚至有些丑陋。几乎每一个词都在向我抗议、申诉,像在要求充分表达的权利!

每一个不成诗的日子都是年华虚度

　　对于诗人来说，每一个不成诗的日子都是无聊而痛苦的。同样，画家在每一个不成画的日子，歌者在每一个不成歌的日子，莫不如此。——相比欲望带来的痛苦而言，无聊更让人难以忍受。

杉树枝，杉树林

没有更好的自己

这个世界只有一个自己，根本就没有另一个更好的自己！你所说的今天的自己比昨天的自己更好，不过是你将现在这个时期的某些方面所表现出来的能力进行强化美化优化处理的同时，将另一些过去不为你所重视的能力弱化丑化甚至无视化的结果。反过来，你所说的昨天比今天更好，则是你将现在这个时期某些方面所表现出来的能力进行弱化丑化无视化的同时，将你另一些已经失去的无力挽回的能力进行强化美化优化处理的结果。简而言之，也就是说你自始至终都在对自己已经拥有的东西漠不关心，而对自己已经不再拥有的或者还未拥有的东西耿耿于怀。你真贪得无厌啊，你妄图在任何时候一举占有人生经验的总和。

因此，在我看来，你的现在并不比过去好，你的过去也并不比现在差！你既不需要责备昨天的自己以此来奖励今天的自己，也不需要奚落今天的自己以此来赏识昨天的自己。

请公正地看待你自己的过去和现在吧，因为你的每一年、每一日、每一时、每一分、每一秒都是不可替代且无比珍贵的！

枞树枝，杉树林

这个窃贼，总是明目张胆地闯进我的住所，将我所有的财物洗劫一空。然后，心满意足地扬长而去。

　　在她慵懒而略带倦意的话语中，我仿佛看见一个挑逗的、妩媚的、诱惑且性感的灵魂在向我示爱。

　　爱已逝，不为我留，
　　冰冻的河面下，水在流。

一个好的诗人，必须学会管理好自己的想象力，驯服它，把它关在笼子里，使其好好表演节目。

　　一首诗就像一条河，诗人的目的只有一个：将它巧妙地引入大海。

　　诗人论诗：把从太阳那里借来的光芒，完整地、体面地、优雅地投射到月亮上面。

枞树枝，杉树林

一个整日只谈论衣、食、住、行、性的人，跟动物有什么区别？

——出于自尊和自强

——难道我们不应该去追求更高级、更高尚、更高远的事物吗？

我知道你的眼泪、痛苦、屈辱、苦难、绝望、挣扎、隐忍、迷茫、求索、迟疑、变节、抉择、亢奋、麻木、疲倦、空虚、缄默、悔恨……

我知道你的一切

——你头顶的天空

——脚踩的大地

枞树枝，杉树林

曾经无数次，我为了能够心安理得地原谅你，毅然站在你的立场，换上你的身份，充当你的先锋，为你摇旗呐喊，鼓弄唇舌。

　　直至有一天，我于人群中看见你赤身裸体在跳舞，遂震惊不已，绝望之余，愤然离去。

如果学习不能带来愉悦，那么恐慌就会像幽灵一样布满天空；

　　如果成长变成枷锁，或者梦魇，那么只能证明：阳光已被遮挡，生命将被辜负。

　　一座沉睡已久的火山终于苏醒，

　　幸福的岩浆在躁动、欢笑、奔跑。

　　人得为理想而努力，不管是结伴同行还是孤身一人；不管前面是芳草萋萋鹦鹉洲，还是人烟稀少古凉州——一朝确定，便要义无反顾。正所谓：身之所在，心有所属。

　　给精神洁癖者一句忠告：

　　放下书本，走出房间。拿起武器，投入战斗。

认识自己

生命中最难的是认识自己，很多人妄图在他人身上找到另一个自己。你需要明白的是，你是太阳，他人亦非月亮。

自发地去做一些事情与被迫地去做一些事情有本质上的区别：前者在行动的过程中产生的快乐和痛苦都是自己的；后者则不然，他的痛苦是自己的，快乐则另有归属。

在一个强调做人的社会里，道德自然回归。

在一个强调做事的社会里，野蛮必然肆虐。

给行动者

有效地推进，谨防急功近利，把对量的追求转变为对质的提升，避免与那些精致的、闪闪发光的、芳香袭人的东西失之交臂。

枞树枝，杉树林

对一个人的赞许

比点头更高的是摇头

比摇头更高的是沉默

比沉默更高的是诋毁

你纵身一跃，极尽潇洒，以为避开了那个带给你无限痛苦的陷阱。然而真实的情况是，你不过是从一个陷阱跳进另一个陷阱罢了。

这棵树枝繁叶茂，这意味着它能产生更多的枯枝和败叶。

枞树枝，杉树林

一个具有远见卓识的人对事物的预知能力远远高于常人，他的思想之箭总是能够准确无误地射中远处的靶心。这在那些不够熟练的生手看来是不可理解的，难以置信的，应该加以批判的。

于千万人中找一知己，是一件很难的事情

但是千万人来找你，就容易得多

我的面前有两条路，一条是大路，通往成功、幸福、光明。这条路上行人拥挤，个个摩拳擦掌、跃跃欲试、蓄势待发地想要拔得头筹，赢得声望、荣誉、地位。另一条是小路，这条路荆棘密布，望不到头，无论瞻前或者顾后，都空无一人。

枞树枝，杉树林

改变是现在进行时，而不是缓一缓、等一等、慢一点。没有雷霆之势，何来非常之功！警惕一切虚假怠慢之徒。

人类需要理想，这点毋庸置疑。但是为了理想而不顾现实生活，却是十足荒谬的。理想的存在之所以合理，无非在于，能使眼前的生活过得更好、更有价值、更有意义！如若不然，理想就是一种罪恶。

健忘的后来者

是的，他否定过去，只是为了更好地否定现在

是的，他肯定过去，那也只是为了更好地肯定现在

是的，他为了更好地肯定现在，不得不更猛烈地抨击过去

是的，他否定一切——只是为了重新树立价值

枞树枝，杉树林

缺乏远见的竞争者

每个赛场参赛的选手只有越过跟自己接近或者略胜于自己的选手后才能具备向更加强大的选手发起挑战、进行较量的资格，这也正是竞争者只关注眼前的得失而历来被人诟病缺乏远见的原因所在。

我们必须得清醒地面对这样一个事实：自然法则同化了人类一切高尚的道德和伟大的理想，个体在这套法则里面发生了严重的不可逆转的精神变异。

自然法则不生产真理，只生产胜负、奴役以及无穷无尽的苦难。

所有伟大的理想都随着个体的死亡而凋零。

我的朋友，你不顾一切地拼命往前跑，是在跑向终点吗？有终点吗？难道它不是另一个起点？抑或，你的终点指的是坟墓？

你走在路上，不无惊讶地说："这里真美！"

——事实上，在你脚下的无数条道路上的每一次行走和驻足，都有美的芳踪可寻。

少把你的孤独和痛苦当作话语权反复使用！

枞树枝，杉树林

行为的若干动机

他生活在自己的世界里，对身外之物不予理睬。

甲说："一个弱者，缺乏足够的勇气和胆量。"

乙说："纯粹的复仇者，或许在酝酿更大的阴谋。"

丙说："一个真正意义上的天才，从现在起，让我们充满期待，耐心等待他横空出世！"

丁说："或许，三者兼有之。"

因为某个蹩脚的实践者的糟糕经验而否定一个观念或者思想的正确性，是有失公允的。同理，因为现实生活的不如意而否定自己亦是如此。

在饥饿者的眼里，糟糠与珍馐没有本质上的区别，都是为了饱腹而已。如果非要让其做出选择，他会从色泽、气味、大小、美丑、味道等方面入手。是的，当理智昏睡不醒的时候，感官便异常活跃。

没有太阳的天空，月亮就是最大的光明。
没有月亮的天空，星星就是唯一的希望。
没有星星的天空，黑暗就是不变的事实。
一双惯看黑夜的眼睛，是害怕直视白日阳光的。

枞树枝，杉树林

把复杂的事物简单化是一种善举，

相反，把简单的事物复杂化是一种恶行。

往一片死海里倒入再多的东西也是无益的。

——无非是使它显得庞杂、肿胀、肥胖，

——无非是抬高它的海平面，

——无非是淹没更多的陆地和生灵。

写作四忌

切忌故作高深地堆砌词语

切忌杂乱无章地东拉西扯

切忌煞有介事地寻章摘句

切忌肆无忌惮地四处出击

枞树枝，
杉树林

写作四要

务必真情实感地自然流露

务必平易近人地娓娓道来

务必谨小慎微地旁征博引

务必胸有成竹地一击必中

诸多事物被我弃之不顾、矢口不提

诸多事物被我一再提起、视若珍宝

于坚持处，滴水穿石

于放弃处，退避三舍

枞树枝，杉树林

168

纵目远眺，不过冰山一角

一角之外，方是极寒之地

破坏一个东西很容易，修复一个东西却很难。

——请谨慎使用手中权力吧！

枞树枝，杉树林

不要尝试去唤醒那些信奉自然法则的人，让他们呼呼大睡，梦里塞满胜负成败；不要试图去反对他们，他们只会把你当成懦夫蠢蛋。离他们远一点，他们就像病毒，你一旦感染，就难以痊愈。

要求别人做君子，允许自己做小人，是风气败坏的第一大根源。

生命不可测量，只因它是射线，不是线段。

世界上最近的是昨天，最远的是明天。过去的日子是那么短暂，千万年也不过一瞬而已；未来的日子又是那么遥远，即使一分钟都有着六十秒的可能。

你不是孤身一人来到世上，在你的身前身后是亿万个灵魂的综合体，你说出来的话也不是你自己的，而是他们借你的嘴说出来的。

枞树枝，杉树林

一个人为了抬高某种东西就贬低另一种东西。在抬高的东西中体验到了荣誉的快感，在贬低的东西中洗刷了痛苦的耻辱。

诗人创作一首诗歌就好比孕妇分娩一个婴儿。作品自诞生起就脱离作者单独存在，作品的命运也绝非作者意志所能左右。它独自行走于天地间，向每一个经过的人微笑致意。

给人竖立雕像或者牌坊是一件非常危险的事情，因为它一旦倒塌便会给下面的膜拜者造成毁灭性的打击。

一个人来到世上所经历的一切痛苦和快乐最终都只指向一个目的，那就是成为你自己。

认识自己，成为自己！这句话本身的目的不是让你脱离人群，远离社会，进入一种孑然一身的孤绝状态；相反，它是教导我们以一种清醒独立的方式走进人群，步入社会。

枞树枝，杉树林

分散如白昼之日光，

聚拢似夜晚之星辰。

你厌倦人群，因而走向自己，但是倘若你不能在孤独中认识自己，你的孤独就是一座监狱。

你渴望热闹，因而走向社会，但是倘若你不能在人群中找到自己，你的社交就是一场悲剧。

将自己人生的命运交到他人手上，至少在四个方面是不合理的：

一、你否定了自己。

二、你小瞧了自己。

三、你冒犯了他人。

四、你高估了他人。

与人交往的第一准则：和而不同。

婚姻是系在深渊边缘者身上的一条安全绳。
——可以不用，但不能没有。

再没有比反驳一个观点更简单的事情了，真正的困难反而在于我们能否准确且深刻地理解它并做出明智的决策。

远见者，以谋划全局之精深徐徐渐进，看之虽慢，实则是快；

短视者，以着重局部之成效突飞猛进，看之虽快，实则是慢。

枞树枝，杉树林

打着正义的旗号赚取个人利益是一个既聪明又愚蠢的行为。它的聪明之处在于个人从中获得了名誉和财富；它的愚蠢之处在于错误地将个人利益等同于正义。

艺术是人类对抗世界的一种方式。是一种无力改变现状、意欲与之决裂的精神尝试，更是一种彰显个人自由意志的完美实践。一言以蔽之，艺术就是一种人类追求欲望的具体表现。

牛、羊、马等动物反刍残渣是为了更好地消化食物，难道我们人类反刍苦难是为了更好地适应苦难?!

苦难不能使人变得善良，只会使人变得残忍、冷酷、麻木，我们将之称为勇敢、坚强、乐观，与之相对应的是胆小、怯懦、颓废。

枞树枝，杉树林

一个人没有能力打理自己便会将触角伸向别人。然而，事实上，你除了倾听自己、了解自己、关注自己外，任何要求别人接受自己想法的行为都是傲慢无礼的，都是缺乏对他人生命的尊重和敬畏。一个胸怀坦荡的冷漠者远胜过一个盛气凌人的施舍者。

一个人的傲慢无知源于强化自己的优势、美化自己的劣势，无视他人的优势、放大他人的劣势。

如果我们不能公正地看待自己的过去和现在，又怎么可能会公正地去看待他人和这个世界?!

生活是一场筵席而非赛场

你把生活当成一个赛场，因此嘲笑那些比你跑得慢的人；

他把生活当成一场筵席，因此高兴迎待那些准备宴饮的人。

每个人既是勇敢者又是怯懦者，既是智慧者又是愚昧者。唯一不同的是在他人看来我们的勇敢是怯懦的标志，我们的智慧是愚昧的象征。

当一个人不再需要通过竞争来证明自己的价值时，他的人生画卷才徐徐展开。

枞树枝，杉树林

超越自然法则的人作为异化者、忤逆者、不思进取者需要付出的代价是如潮水般汹涌的非议、诽谤、责难甚或更多，但是有一点值得肯定的是你作为勇敢的先行者将有幸成为未来人类文明当中的一员而独立存在。

　　超越自然法则是人类走向文明的第一步，也是承前启后的一步。

一次恰到好处的争吵往往比表面的和睦更能抵达事物的核心，增进双方的感情。

　　在你受到欺辱时，你的反抗力度决定了他人对你的尊重程度。当然也决定了侵犯者的处事方法和活动范围。

枞树枝，杉树林

关于契约，我们只需要联想一下大象和蚂蚁坐在桌前签约的场景即可。

我自认为错过了一座森林，却不承想走进了一片大海。

如果说家庭教育，学校教育，社会教育是一个人走向成熟的必要阶段；那么自我教育就是检验一个人是否成熟的不二方法；一个人只有不断地进行自我教育，才能平稳地抵达幸福的彼岸。

谁要是将理想置于生活之上，谁就必将丧失掉生活的乐趣。

切莫站在理想的梦幻园里嘲讽生活，
除非你已经做好了被它教训的准备。

枞树枝，杉树林

不必知道我是谁，长什么样子

不必打听我的下落，重复我的道路

我的欢宴上不曾预设你的位置

只管走你的路，热爱生活

总有一日

我们会相聚在某个有太阳的午后

他独自哼着快乐的小调，自由自在、无忧无虑地尽情玩耍；他时而抓住一个东西，时而又决绝地将之破坏；他那双滚圆的、澄净的、闪烁着晨曦般希望的眼睛总是盯着新颖的事物，是那样乐此不疲。

枞树枝，
杉树林